Weilands erster Fall

Marcel Kruse

Weilands erster Fall

Mehr Fragen als Antworten

Bibliografische Information der Deutschen Nationalbibliothek:
Die Deutsche Nationalbibliothek verzeichnet diese Publikation
in der Deutschen Nationalbibliografie; detaillierte bibliografische
Daten sind im Internet über http://dnb.dnb.de abrufbar.

© 2018 Marcel Kruse
Umschlaggestaltung: Foto »Geschwindigkeit« Lorenz Kruse

Satz, Umschlaggestaltung, Herstellung und Verlag:
BoD - Books on Demand

ISBN: 978-3-7528-5253-0

In Erinnerung an Zack

Vorwort

Der Titel »*Weilands erster Fall*« mag irreführend sein. Es ist nicht Weilands erster Fall als Kommissar einer Mordkommission, der hier wiedergegeben wird, sondern der erste Fall in einer langen Reihe von Dienstjahren, der aufgeschrieben wurde.

Inhalt

Kapitel 1

Unnötige Fragen / Der Unfall

Es gab zwei Arten von Fragen, die seine Mitmenschen als unnötig einstuften, so viel hatte er begriffen. Die eine Art waren solche, auf die er die Antwort kennen sollte. Die andere Art waren Fragen, bei denen angeblich klar war, dass sie keiner beantworten konnte. Beide Arten hatten eine Gemeinsamkeit: Sie machten seine Mitmenschen wütend. Um ehrlich zu sein, konnte er das nicht so richtig nachvollziehen. Egal wie es lief, irgendjemand war immer sauer, meistens die Gefragten. Das Komische an der Sache war, dass Fragen zu seinem Beruf gehörten. Er, Johann Friedrich Weiland, war von den Zehen bis in die Haarspitzen voll mit Fragen, was eigentlich keine schlechte Eigenschaft für einen Kommissar bei der Mordkommission war. Es wäre jetzt naheliegend, zu denken, dass es sich um Fragen handelte, die einen Täter in die Enge treiben und deshalb erboste Reaktionen hervorrufen würde, aber so war es nicht. Irgendetwas an seinen

Fragen nervte seine Mitmenschen derart, dass es sie zur Weißglut trieb.

Es gab da noch eine weitere Sache, die seine Mitmenschen an ihm bemängelten: Häufig hing er seinen Gedanken nach, was an und für sich keine schlechte Sache war. Allerdings kam es auch öfter vor, dass er derart in Gedanken war, dass er alles um sich herum vergaß. Was ebenfalls dazu führte, dass seine Mitmenschen sich ihm gegenüber ungehalten zeigten, denn sie fühlten sich von ihm nicht beachtet. Nichtbeachtung kommt eben nicht so gut an, unabhängig davon, ob nun bewusst oder unbewusst.

Wie auch immer, er war gerade im Dienst und dank seines jüngeren Kollegen hatte er es geschafft, zum Ort des Geschehens zu gelangen. Schon spielte sich das gleiche Muster ab. Er konnte einfach nicht anders, die Frage dränge ihn derart, und obwohl er wusste, dass er sich wieder unbeliebt machen würde, musste sie heraus: »Wo sind wir?«, fragte er.

Da war sie wieder, die gesamte Bandbreite an Reaktionen. Neuere Kollegen von der Bereitschaftspolizei sahen ihn verblüfft an, einigen war deutlich anzumerken, dass sie ihn für einen Spinner hielten. Die erfahrenen Kollegen spalteten sich in das Lager »Ich bin genervt und bringe das gerne zum Ausdruck« und das von denen, die ihn ein bisschen länger kannten und ihm möglicherweise sogar ein bisschen Wohlwollen entgegenbrachten und sich daher ihren Ärger nicht anmerken ließen. Am liebsten waren ihm die Kollegen, die über seine »Schrulle« lächeln konnten.

Ein Problem, das seine Arbeit nicht unerheblich negativ beeinflusste, war, dass er alle diese Emotionen buchstäblich fühlen konnte. Warum ihn einige seiner Kollegen absichtlich ihr Missfallen so deutlich spüren lassen mussten, war ihm unerklärlich. Dass es stockdunkel war und die vom Technischen Hilfswerk errichtete Lichtanlage nur den Unfallort und die Einsatzfahrzeuge beleuchtete, schien für andere keine Rolle zu spielen. Nun denn, die Frage, wo das »hier« nun eigentlich genau war, trieb ihn um. Zum Glück gab es immer jemanden, der ein Einsehen hatte und eine Erklärung versuchte. In diesem Fall war es ein jüngerer Kollege von der Bereitschaftspolizei. »Wir sind hier in …«, begann er.

Doch Weiland war es egal, wie der Ort oder die nächste Stadt hießen. Er wollte wissen, in welchem Zusammenhang der Fundort zur Leiche stand. Da er niemanden belehren wollte und der Grad seiner Unzufriedenheit in Bezug auf die Antwort in diesem frühen Stadium noch keinen Gemütsausbruch rechtfertigte, probierte er es einfach mal mit der nächsten Frage: »Was macht er hier?« Denn offensichtlich handelte es sich bei der Leiche um einen Mann.

Wieder setzte betretenes Schweigen ein. Nun antwortete mit erheblicher Verzögerung und nachdem es sicher zu sein schien, dass niemand anderes antworten würde, ein erfahrener Kollege aus der Bereitschaftspolizei und das ziemlich ungehalten: »Verdammt noch mal, mein Partner im Streifendienst hat sich auf dem Weg zur Dienststelle totgefahren und alles, was Ihnen einfällt, sind bescheuerte Fragen?«

Weiland kannte den Kollegen und hielt ihn für einen ungehobelten Burschen. Er passte vortrefflich in die Kategorie »sicheres Auftreten bei völliger Ahnungslosigkeit«. Er sprach ihn bewusst mit »Herr« Korbes an. Entgegen der üblichen Duz-Kultur – auch über Besoldungsgruppen hinweg – fühlte sich Weiland häufig unwohl, wenn es darum ging, sich mit anderen zu duzen. Bei Herrn Korbes war er besonders dankbar, dass eine nähere Zusammenarbeit, die ein Duzen zur Folge gehabt hätte, ausgeblieben war.

Die Tatsache, dass es sich bei dem Toten um einen Polizisten handelte, erforderte formal eine Untersuchung. Seine nächste Frage hatte es in sich, er wusste, dass es sich um eine Frage des zweiten Typs handelte, die mit Sicherheit weiteren Unmut provozieren würde. Aber es war auch die Frage, die alles Wichtige ansprach. Also fragte er: »Was ist passiert?«

Wieder war es Korbes, der antwortete. Allerdings gelassener, als Weiland es erwartet hatte, aber immer noch ungehalten: »Jan Tamburello, der Idiot, ist mal wieder viel zu schnell gefahren. Dieses Mal hat er die Kurve nicht richtig genommen und ist seitlich an einen Baum gerutscht, der das Fahrzeug in zwei Teile geteilt hat. Er war auf der Stelle tot. Es sieht nicht so aus, als wären weitere Fahrzeuge in den Unfall verwickelt gewesen.«

Weiland nickte nur und blickte dann auf, um den Gerichtsmediziner zu suchen. Er kannte ihn, auch wenn ihm sein Name gerade nicht einfiel. Namen waren nicht so sein Ding und bei der Arbeit musste er ohne die Hilfe seiner Frau auskommen, auf die er sich privat diesbezüglich immer komplett verließ.

Er sah ihn ein Stück entfernt stehen, direkt neben einem Teil des zertrümmerten Autos. Der Mann schaute zu ihm hinüber. Er sagte nichts, sondern nickte nur auf eine Art, die bestätigte, dass es so gewesen sein könnte.

Weiland brummte etwas Unverständliches. Er hasste es, wenn sich jemand von der Rechtsmedizin genötigt fühlte, bereits am Tatort erste Vermutungen zu äußern. In diesem Fall wusste er allerdings, dass sich der Kollege lieber äußerte, nachdem er die Leiche obduziert hatte.

Namen und Orte waren ebenso wie vorschnelle Vermutungen nicht Weilands Ding. Ihm war es wichtig, einen Eindruck vom Ort des Geschehens zu bekommen, und zwar, bevor eine Leiche abtransportiert wurde. Das war gar nicht so einfach. Sein Interesse galt bei einem Tatort auch der Umgebung. Insbesondere fragte er sich, was sich verändert hatte und was nicht. Augenzeugen oder Hinweise auf ein anderes Fahrzeug gab es nicht. Ein Lkw-Fahrer hatte den Unfall gemeldet, er hatte den Unfallhergang allerdings nicht gesehen, sondern war mit demselben Bild konfrontiert gewesen, das sich nun ihm und seinen Kollegen bot.

»Ich würde mir dann bitte mal den Fahrtenschreiber des Lkw ansehen wollen«, sagte er schließlich. Er spürte gleich, dass seine Kollegen genervt bis gereizt reagierten.

Es war wieder Korbes, der seinen Unmut zum Ausdruck brachte: »Der Lkw-Fahrer war nicht beim Unfallhergang dabei. Jan hat das Auto gerade vor zwei Wochen durch den TÜV gebracht. Darüber hatten wir uns während der Schicht unterhalten. Können wir das hier nicht einfach schnell zu Ende bringen?«

Weiland stand einen Augenblick still da und

dachte nach, es lag eine Spannung in der Luft, die förmlich zum Greifen war. Schließlich nickte er kurz und gab damit wortlos sein Einverständnis zur Freigabe des Unfallortes.

Kapitel 2

Intuition

Weiland war sich nicht sicher, warum er den Fall – *war es wirklich ein Fall?* – weiter untersuchen wollte. Den Rest des Abends hatte er damit verbracht, herauszufinden, warum ihm der Unfall irgendwie komisch vorkam. Konkrete Anhaltspunkte konnte er trotz eingehender Überlegungen aber nicht finden. Auch ohne eine Erklärung ging er alsbald ins Bett, da er sich müde und erschöpft fühlte. Nach wenigen Minuten war er eingeschlafen.

Als er wieder wach wurde, war es dunkel. Er sah auf die Uhr und stellte fest, dass es 03:17 Uhr war. Na super, dachte er zerknirscht, wieder eine Nacht, in der er nicht durchschlafen konnte. Es war das übliche Spiel. Nachdem er wenige Stunden geschlafen hatte, wurde er wach und konnte nicht wieder einschlafen. Anfangs kamen ihm Gedanken wie »senile Bettflucht«, aber mitten in der Nacht war es ihm doch ein wenig zu früh, um aufzustehen. Mittlerweile hatte er seinen Frieden mit der Durchschlafstörung gemacht.

Die Vorteile waren, dass er sich ausgeruht fühlte und sein Verstand messerscharf arbeitete. Es war dunkel und es gab keine Ablenkungen, kein Telefon, keine Haustürklingel, keine E-Mails, kein Hund, der Gassi gehen wollte, oder andere Unterbrechungen, die den Fluss seiner Gedanken hätten unterbrechen können.

Neben ihm schlief seine Frau und atmete sanft und langsam ein und aus.

Er stellte sich die Frage, warum er nicht so ganz von einem Unfall überzeugt war. Wie er die Sache auch drehte und wendete, er konnte sich einfach keinen Reim darauf machen. Er ging das Ganze chronologisch an. Hatte sich alles in der richtigen Reihenfolge abgespielt oder gab es im Ablauf der Ereignisse Unstimmigkeiten? Der Anruf kam am frühen Abend, als es draußen schon dunkel war. Er hatte noch an seinem Schreibtisch im Büro gesessen, als das Telefon klingelte.

»Hallo, Herr Weiland, hier ist Kirchhoff«, hatte sich sein Abteilungsleiter und direkter Vorgesetzter gemeldet. »Herr Weiland, einer unserer Kollegen vom Streifendienst hatte leider einen tödlichen Verkehrsunfall. Sie wissen ja, wie das ist. Wenn ein Kollege ums Leben kommt, sind wir formal angehalten, genauer hinzuschauen. Könnten Sie das bitte übernehmen?«

Sein Chef war wie immer sehr korrekt und wollte sich auch in dieser Angelegenheit keinen Fehler nachweisen lassen. Seine höflich formulierte Frage folgte seinem Wunsch nach respektvollem Umgang innerhalb der Abteilung. Beide wussten aber, dass diese Formulierung einer Frage nur der Höflichkeit diente.

Zusammen mit seinem jüngeren Kollegen, der ihm seit ein paar Tagen zur Einarbeitung an die Seite gestellt war, machte sich Weiland also auf den Weg.

An der Unfallstelle angekommen, war er gern für sich allein. Seinen jüngeren Kollegen hatte er gebeten, alle vorhandenen Daten aufzunehmen und auch die Kollegen zu befragen. Bei dieser Gelegenheit hatte er sich den Kollegen, die ihn noch nicht kannten, gleich selbst vorstellen können.

Der Unfall hatte sich mitten im Nirgendwo auf einer kurvenreichen Straße ereignet. Zum Glück für seinen verunglückten Kollegen, der von der Straße abgekommen war, gab es keine Gräben. Oftmals sind selbst kleine Gräben extrem gefährlich, weil die Böschung ein Öffnen der Türen verhindert. Das Glück währte aber nicht lange, denn es gab vereinzelte Bäume. Einer dieser Bäume, in einer

Kurve stehend, hatte gereicht, um den Wagen in der Mitte zu teilen. Der Erste an der Unfallstelle war der Lkw-Fahrer, der den Unfall gemeldet hatte. Von dem Unfall selbst hatte er nichts mitbekommen und auch an entgegenkommende Fahrzeuge oder eventuelle Auffälligkeiten konnte er sich nicht erinnern.

Da der chronologische Ansatz nicht griff, versuchte Weiland nun eine andere Herangehensweise. War alles am richtigen Ort? Wenn davon ausgegangen wurde, dass es sich um eine Fahrt von zu Hause zur Dienststelle gehandelt hatte, stimmte die Richtung, in die der Wagen gefahren war, als er gegen den Baum prallte? Stimmte die Uhrzeit? Wenn er den Eingang des Notrufs zugrunde legte und ein paar Minuten hinzurechnete, da der Lkw die Unfallstelle erst kurz nach dem Unfall erreicht haben musste, hätte die noch verbleibende Strecke entweder mit überhöhter Geschwindigkeit zurückgelegt werden müssen, um pünktlich zum Schichtbeginn zu erscheinen, oder der Kollege wäre leicht verspätet erschienen. Die Kollegen von der Streife vermuteten jedenfalls Ersteres.

Allen war sofort aufgefallen, dass es fast keine Bremsspuren gab. Nur auf dem letzten halben Meter der Straße war eine Bremsspur erkennbar. Hierfür konnte es verschiedene Gründe geben. In den letzten Jahren hatte sich die Zahl der Unfälle, die mit der Bedienung von Unterhaltungselektronik im Zusammenhang standen, dramatisch erhöht. Vor zehn bis fünfzehn Jahren war die Anzahl der Unfälle, die durch das Suchen eines Radiosenders hervorgerufen wurden, noch deutlich geringer. Das plötzliche Auftauchen von Wild war eher unwahrscheinlich. Die Bäume standen vereinzelt und Rehe hätten es schwer gehabt, sich in einem nicht vorhandenen Graben zu verstecken.

Der Lkw hatte in reichlich Abstand von der Unfallstelle gestanden, die Kurve, und damit der Unfallort, war schon aus einiger Entfernung deutlich zu erkennen. Zwischen dem Lkw und dem Unfallwagen befand sich Erbrochenes auf der Straße. Das Erbrochene ließ sich dem Lkw-Fahrer zuordnen. Als der neue Kollege ihn zur Unfallstelle gefahren hatte, war ihm aufgefallen, dass auf der rückseitigen Lkw-Plane großformatig das Bild eines Kühlschranks sowie der Hinweis: »Ohne diesen Lkw wäre die Straße jetzt leerer, aber Ihr Kühlschrank auch!« aufgedruckt waren.

Schon am Unfallort hatten sich Weiland diverse Fragen diesbezüglich aufgedrängt: Handelte es sich um Gedankenlosigkeit oder verbarg sich dahinter ein tieferer Sinn, der sich ihm nicht erschloss? Gab es tatsächlich Lebensmittel, die im Sommer unter einer Plane transportiert wurden, die Käufer dann später im Kühlschrank aufbewahrten? Was könnten das für Lebensmittel sein? Ihm fielen nur Getränke ein, auf die das zutreffen würde. Er hasste Ablenkungen dieser Art. Ihm war klar, dass er auf diese Frage sobald keine Antwort finden würde. Sie würde ihn einfach weiterquälen und er konnte es nicht ausstehen, wenn offene Fragen von anderen offenen Fragen ablenkten, die eigentlich seine gesamte Aufmerksamkeit brauchten.

So lag er da und starrte in die Dunkelheit. Nach und nach bekam er sich wieder in den Griff und konnte sich erneut auf den Unfallort konzentrieren. Weitere Auffälligkeiten gab es nicht. Wie er es drehte und wendete, es konnten bisher nur die sehr kurzen Bremsspuren sein, die seinen Zweifel nährten, aber dafür konnte es eine Reihe von Erklärungen geben. Tatsächlich konnte er einfach nicht benennen, was seine Zweifel hervorrief. Er war sich auch immer noch nicht sicher, ob es jenes unbestimmte Detail, das eine Unfallvermutung mit Sicherheit aufheben würde, wirklich gab.

Neuer Ansatz: Welche Personen waren involviert? Gab es Personen, die nicht in die Szene passten? Als Erstes wäre da der Lkw-Fahrer an der Unfallstelle.

Auf den ersten Blick gab es keine Verbindung zwischen ihm und dem Unfallopfer. Neben den Kollegen waren noch Feuerwehrleute, das Technische Hilfswerk und ein Notarzt vor Ort gewesen. Letzterer hatte den Tod des Kollegen festgestellt. Er rief sich jeden der Anwesenden bildlich ins Gedächtnis, die Gestik, die Mimik, und verknüpfte alles mit dem Ort und dem zeitlichen Ablauf.

Aber er konnte noch immer keinen Grund für das Gefühl finden, dass etwas nicht stimmte.

Weiland schätzte Fakten und klare Zusammenhänge. Intuition war etwas, was für ihn in der Nähe von klaren Fakten rangierte. Ob nun darüber, darunter oder irgendwie mehr oder minder auf derselben Ebene konnte er nicht so genau sagen. Ihm war aber klar, dass Intuition stets hart erarbeitet war und auf keinen Fall als Spleen oder Marotte abgetan werden sollte.

Für Weiland hatte Intuition eine Ursache, auch wenn nur die Wenigsten – und seiner Ansicht Glücklichsten – in der Lage waren, die Zusammenhänge ergründen und beschreiben zu können.

Also, auch wenn er den Grund, warum ihm etwas bei dem Unfall seltsam erschien, nicht klar benennen konnte, so war er sich dennoch sicher, dass irgendetwas nicht zusammenpasste.

In den frühen Morgenstunden hatte er schließlich das Glück, doch noch einmal einschlafen zu können. Als er erwachte, war ihm bewusst, dass als Nächstes ein Gespräch mit seinem Chef anstand.

Kapitel 3

Beim Chef

Als Weiland seinen Chef bat, den Fall näher untersuchen zu dürfen, reagierte dieser mit einer Mischung aus Verwunderung und Verärgerung. Er habe sich Bericht von den Kollegen erstatten lassen und keinen Anlass für eine intensivere Untersuchung finden können. Selbst unter der Berücksichtigung, dass es sich bei dem Unfallopfer um einen Polizisten handelte, könne nach Faktenlage von keiner Straftat ausgegangen werden. Im Übrigen gebe die angespannte Arbeits- und Budgetdecke keinen Anlass, eindeutige und zweifelsfreie Auswertungen infrage zu stellen.

Seinem Chef brauchte Weiland keinen Vortrag über Intuition zu halten. Die zahlreichen Aspekte und Facetten in einem Spontanvortrag hätten ihn eher dazu veranlasst, die Diskussion auf der Stelle zu beenden und einen Punkt hinter den Vorgang zu setzen. Also probierte er es mit reinem Zahlenwerk. Er führte die Statistik seiner aufgeklärten Fälle an, ohne dabei zu versäumen, dass nicht nur die Quote der gelösten Fälle beachtlich wäre, sondern insbesondere der dafür eingesetzte Ressourcenbedarf deutlich unter dem Schnitt liege. Weiland entging nicht, dass seine Argumentationslinie die Gereiztheit beim Chef eher steigerte. Um das Ganze nicht eskalieren zu lassen und damit alle Chancen auf eine Bewilligung zu verlieren, schlug er schließlich kurzerhand vor: »Der Neue und ich für eine Woche, inklusive kriminaltechnischer Untersuchungen, einschließlich Obduktion.«

»Den Neuen lassen Sie mal schön da raus und sehen Sie zu, dass der bei seiner Einarbeitung nicht zu früh einen Berg von Eigenheiten übernimmt«, knurrte Kirchhoff.

Das war deutlich. Weiland war klar, dass seine Erfolge geschätzt wurden, aber seine Art nicht immer auf Akzeptanz traf. »Also abgemacht?«, fragte er deshalb nur.

»Eine Obduktion, überlegen Sie mal, was das nach sich zieht an Gerede und auch an Kosten.«

»Wie entwickeln sich denn das Gerede und die Kosten, wenn sich herausstellt, dass ein zeitnah abgeschlossener Vorgang möglicherweise nicht das wirkliche oder in anderen Worten: nicht das vollständige und korrekte Geschehen ermitteln konnte?«

Beiden war klar, worauf Weiland anspielte. Ein guter Bekannter von Kirchhoff hatte schnell Karriere gemacht. Als sich jedoch herausstellte, dass in einem der Fälle ein fehlerhaftes Ermittlungsergebnis den Staat im Nachgang eine beträchtliche Summe kosten würde, verbunden mit einem schlechten Bild in der Öffentlichkeit, war es mit der Karriere genau so schnell wieder vorbei.

Weiland konnte nicht abschätzen, zu welchen Teilen sein Chef einen Fehler in einem Untersuchungsergebnis befürchtete oder zu welchen Teilen seine Argumentation oder womöglich sogar eine gewisse Wertschätzung seiner Arbeit die Entscheidung beeinflussten, doch schließlich brummte Kirchhoff mit düsterer Miene: »Meinetwegen, eine Woche mit allem Drumherum, einschließlich dem Neuen. Mehr gibt es nicht! Und gehen Sie um Himmels willen behutsam vor, keine große Wellen, klar?«

Kapitel 4

Das Obduktionsergebnis

Bereits am nächsten Mittag lag der Obduktionsbericht vor. Der Tod ließ sich zweifelsfrei auf die Folgen des Unfalls zurückführen. Alkohol, Medikamente oder sonstige Substanzen waren nicht zu finden. Hinweise auf eine Erkrankung ließen sich ebenfalls keine feststellen. Vonseiten des Obduktionsberichts gab es nichts, was einen Verdacht auf Fremdeinwirkung oder Vorsatz rechtfertigen würde.

Auch eine erste Einschätzung der kriminaltechnischen Untersuchung des Unfallfahrzeugs traf am Nachmittag ein. Genau wie bei der Obduktion gab es keine Spuren, die einen Unfall hätten infrage stellen können.

Kapitel 5

Das Foto

Weiland saß an seinem Schreibtisch im Revier, als das Telefon klingelte. Es war der Pförtner. »Gerade eben hat ein Fahrradkurier einen Umschlag für dich abgegeben«, verkündete er. Mit dem Pförtner hatte er sich vom ersten Tag an gut verstanden. Aus irgendeinem Grund hatten sie sich nur ein einziges Mal gesiezt. Das war an Weilands erstem Arbeitstag, als er sich bei jedem persönlich vorgestellt hatte. Er wusste, dass die Kollegen beide als Exoten abgestempelt hatten, aus diesem Grund erschien es allen klar, dass sie sich gut verstehen würden. Was das gegenseitige Verständnis betraf, konnte Weiland die Einschätzung der Kollegen teilen. Was jedoch so exotisch sein sollte, blieb ihm ein Rätsel. Nicht weniger verwundert war er, dass er gut mit jemandem auskam, mit dem er kaum ein paar Worte gewechselt hatte. Brüder im Geiste oder was auch immer.

Auf dem Weg zur Pförtnerloge machte er einen

kurzen Abstecher in die Putzkammer. Als er beim Pförtner angekommen war, hatte er die Einweghandschuhe bereits übergestreift. Der Pförtner hielt ihm den Brief wortlos hin. Weiland dankte durch ein angedeutetes Nicken, öffnete den Brief, zog ein Foto heraus und zeigte es dem Pförtner.

Zurück im Büro bat er seinen jüngeren Kollegen, einen Abzug von dem Foto zu erstellen und das Original an die KTU weiterzuleiten. Die kriminaltechnische Untersuchungsanstalt wusste, was zu tun war. Dann sollte sein junger Partner das Foto mit verschiedenen Kollegen besprechen. Das Bild zeigte den Wagen ihres toten Kollegen als unscharfe Schwarz-Weiß-Aufnahme wie von einer Überwachungskamera. Zum Zeitpunkt der Aufnahme war er vollkommen intakt. Das Foto musste also vor dem Unfall gemacht worden sein. Darüber hinaus war ein auffallend kleiner Mann mit einem dunklen Kapuzenpullover zu sehen, der am Fahrzeug kauerte und unter das Fahrgestell griff. Da der Mann nur von hinten zu sehen war und sich die Kapuze über den Kopf gezogen hatte, waren keine spezifischen Eigenschaften zu erkennen.

Weilands jüngerer Kollege nahm sich der Aufgabe gewissenhaft an. Weiland überlegte, ob das eventuell auf ihre erste Begegnung zurückzuführen war. Er war manchmal ein wenig direkt und vielleicht auch etwas unbeholfen, was den ersten Kontakt mit Unbekannten betraf. Es war keine zwei Wochen her, als Kirchhoff ihm den Neuen nicht nur vorgestellt, sondern auch die Zusammenarbeit der beiden im Rahmen eines Einarbeitungsprogramms angekündigt hatte. Der Neue hatte sich ihm damals mit »Hallo, ich bin Martin, Martin Mönch« vorgestellt. Dann war er fortgefahren: »Ich habe schon viel von Ihnen gehört und ich bin mir sicher, mich schnell in die Materie einarbeiten zu können.«

Weiland hatte geantwortet: »Das beeindruckt mich sehr, aber neben einem Studium bedarf es in den meisten Fällen einige Jahre Erfahrung, um so richtig im Job anzukommen.« Ihm war nicht entgangen, dass seine Äußerung den Enthusiasmus seines neuen Kollegen etwas gebremst hatte. Auch den fragenden Blick seines Abteilungsleiters hatte er bemerkt. Immerhin hatte er etwas Nettes gesagt.

Martin Mönch nahm die Aufgabe jedenfalls ernst und bereits am Nachmittag schlugen die Vermutungen der Kollegen hoch: War das Absicht, konnte das etwas mit dem Unfall zu tun haben? War das nur ein Zufall? War jemandem etwas aus der Hand gefallen und unter das Auto gerutscht? Die Zahl der Annahmen und der sich daraus ergebenden kombinatorischen Möglichkeiten schossen in die Höhe. Am Ende wollte ein Kollege dem Hinweis nachgehen und herausfinden, wo sich die Überwachungskamera befand, da sich hieraus möglicherweise eine Spur ergeben könnte. Weiland war es recht und so verabschiedete er sich in einen verfrühten Feierabend.

Kapitel 6

Nachtrag zum Foto

Am Vortag hatte ihn verwundert, dass keiner seiner Kollegen die Frage gestellt hatte, ob das Bild überhaupt echt sei. Für ihn war das eine zentrale Frage. Seinen Zweifel behielt er für sich. Der Trubel, der sich aus dem Erscheinen des Bildes ergeben hatte, war ihm ganz recht gewesen. Die Rückmeldung der kriminaltechnischen Untersuchung ergab keine verwertbaren Spuren. Der Umschlag war ein Standardumschlag, wie er in jedem Paketshop zu bekommen war.

Für ihn war es eine Gelegenheit, seinen neuen Partner auf die Probe zu stellen und zu beobachten, wie er mit der Situation umging. Er konnte es einfach nicht lassen, seine Mitmenschen nach ihren Fähigkeiten zu beurteilen. Dabei sammelte er Eindrücke, die sich nach und nach zu einem Gesamtbild vervollständigten. Es war eine Selbstverständlichkeit für ihn, nicht aufgrund eines einzelnen Ereignisses auf die gesamte Persönlichkeit zu schließen, sondern

Indizien zu sammeln, bis sich ein stimmiges Gesamtbild ergab. Was seinen Kollegen betraf, hatte er die Situation korrekt vorausgesehen. Mönch informierte und befragte die Kollegen, bei der KTU orderte er das Standardprogramm.

Als Weiland allein im Büro war, griff er zum Telefon, um einen alten Bekannten anzurufen.

»Hallo Klaus, J. F. hier, wie geht es dir?«, begann er. »Danke, gut. Du, im Moment bin ich in Eile, was kann ich für dich tun?«

Klaus gehörte zu einigen wenigen alten Freunden. Die Freundschaft hatte sich vor Jahrzehnten ergeben und würde für die Ewigkeit Bestand haben. Nach Jahren, in denen aus welchen Gründen auch immer kein Wort gewechselt worden war, meistens aus Bequemlichkeit, genügten wenige Sekunden, um nahtlos an die alten Zeiten anzuknüpfen. Dennoch machte ihn stutzig, dass Klaus sofort erkannt hatte, dass er etwas für ihn tun sollte.

»Klaus, ich brauche ein Gutachten von dir, ob ein Foto echt ist. Soviel ich weiß, sind Schatten eine komplizierte Angelegenheit und über entsprechende Algorithmen können Manipulationen erkannt werden. Das Problem ist, dass es sich um das Schwarz-Weiß-Bild einer Überwachungskamera handelt.«

Klaus Frage war knapp: »Original?«

Auch Weiland versuchte nun Zeit zu sparen: »Jep.«

»Also gut, dann her damit. Ich melde mich.«

Weiland ließ das Bild per Kurier zu Klaus bringen. Noch am selben Abend erhielt er einen Anruf mit dem Ergebnis der Untersuchung. »Hallo, J. F., die Sache ist einfach, es handelt sich eindeutig um ein manipuliertes Foto, wenn auch um ein wirklich gut gemachtes. Mit ein bisschen Erfahrung hättest du das auch selbst erkennen können. Eine Überprüfung durch einen Algorithmus ist meiner Einschätzung nach dafür nicht erforderlich.«

»Wenn du dir sicher bist, brauchen wir keinen Algorithmus«, entgegnete Weiland.

Klaus erklärte nun: »Es sind immer die Schatten, die Probleme bereiten. Jedes Objekt verursacht abhängig vom Sonnenstand einen Schatten, die Betonung liegt hier auf »jedes« Objekt. Die Einhaltung von Richtung und Länge erfordert eine ungeheure Disziplin, wenn zusätzliche Inhalte in ein bestehendes Bild eingefügt werden, insbesondere, wenn sich Schatten überlagern. Bei dem Foto ist die Person eindeutig später hinzugefügt worden.«

»Klaus, du hast was gut bei mir. Grüß deine Frau und die Kinder, bis bald«, entgegnete Weiland zufrieden.

Kapitel 7

Korbes Nachfrage

Weiland und Mönch saßen gerade im Büro, als Korbes, ohne eine Antwort auf sein Anklopfen abzuwarten, hereinkam. »Hallo, Weiland, zu Ihnen wollte ich. Sieh da, der Neue ist auch da.«

Weiland und Mönch sahen ihren Kollegen überrascht und grußlos an. Weiland hielt sich gerade ein in Zellophan eingeschweißtes Holzstück unter die Nase, als Korbes den Raum betreten hatte.

Korbes blieb vor seinem Schreibtisch stehen und fragte nun erstaunt: »Was machen Sie da?«

Weiland erklärte: »Ich habe soeben ein Paket von einem Bekannten aus Indien mit einem geschnitzten Elefanten bekommen. Der Elefant besteht aus Sandelholz und ich habe mich gefragt, ab wann der Geruch wahrzunehmen ist.«

Korbes starrte ihn kopfschüttelnd an: »Sie sind mir vielleicht eine Marke. Solange der Elefant in der Zellophanverpackung ist, können Sie bestimmt nichts riechen.«

Mönch entgegnete: »Dieser Zustand lässt sich jedenfalls nicht reproduzieren. Da die Intensität des Geruchs, die Dauer und Temperaturschwankungen während der Reise sowie ein mehr oder minder geglückter hermetischer Verschluss nicht abzuschätzen sind, bleibt ein schrittweises Vorgehen die einzige Möglichkeit, die Umstände, unter denen etwas zu riechen ist, herauszufinden.«

Weiland war überrascht und verwundert zugleich. Möglicherweise würde sich die Zusammenarbeit mit Mönch doch noch ganz zufriedenstellend entwickeln.

Korbes hingegen reagierte schroff: »Ich habe keine Ahnung, wozu das gut sein soll, deswegen bin ich auch nicht hier. Ich will wissen, was jetzt aus Jans Unfall wird.« Nach einer kurzen Pause fügte er hinzu: »Ist das nun ein Fall oder nicht?«

Weiland musterte ihn aufmerksam und legte bedächtig den Elefanten in Zellophanverpackung auf seinen Tisch. »Jetzt ist es einer«, sagte er dann.

Korbes fragte verdutzt: »Was soll das heißen? Jetzt?«

»Es bedeutet, dass es sich anfänglich möglicherweise um keinen Fall gehandelt hat, jetzt ist er aber sicher einer«, antwortete Weiland ruhig.

»Wollen Sie mich verarschen?«, fragte Korbes verärgert.

Nun mischte sich wieder Mönch ein: »Ich bin mir sicher, wenn Herr Weiland Sie verarschen wollte, so würden Sie das frühestens auf dem Heimweg merken.«

Weiland war erneut überrascht, so viel Rückgrat hatte er Mönch gar nicht zugetraut. Korbes verließ nun jedenfalls deutlich verunsichert das Büro.

Kapitel 8

Befragung des Lkw-Fahrers

Nun, nachdem das Foto aufgetaucht war, war klar, dass jemand versuchte, sich in die Ermittlungen zum Unfall einzumischen. Gründe dafür könnte es eine ganze Reihe geben. Weiland fragte sich, ob hierdurch die Aufklärung unterstützt oder behindert werden sollte. Vorerst würde sich darauf keine Antwort finden lassen, so viel war klar. Was allerdings unklar war und ihn deshalb viel mehr beschäftigte, war die Frage, wie es weitergehen sollte. An welcher Stelle könnte angesetzt werden, um zu klären, warum es zum Unfall gekommen war? Und in welchem Zusammenhang stand das Foto damit?

Zum jetzigen Zeitpunkt war ihm Mönch einfach noch zu fremd. Er hatte zwar durch sein Verhalten gegenüber Korbes deutlich Pluspunkte eingefahren, aber bevor er mit jemanden unreife Ideen austauschte, musste das Vertrauen noch deutlich wachsen. Als Konsequenz bat er Mönch, den Lkw-Fahrer zu einer Befragung ins Revier zu laden. Sie saßen im Büro, jeder an seinem Schreibtisch.

»Denken Sie, der Lkw-Fahrer hat etwas damit zu tun?«, fragte Mönch nach wahllosem Blättern in diversen Papieren und sah zu Weiland hinüber.

»Nein, das denke ich nicht«, antwortete dieser, »aber möglicherweise ist ihm etwas aufgefallen, was uns weiterhelfen könnte.«

»Was könnte das sein?«

»Ich habe keine Ahnung.« Weiland sah zu Mönch hinüber und zuckte mit den Achseln. »Zugegebenermaßen ist die Chance, dass etwas dabei herauskommt, gering. Es hat sich allerdings gezeigt, dass, sobald auch nur die geringste Chance auf eine Antwort besteht, keine Gelegenheit, Fragen zu stellen, ausgelassen werden sollte.«

Mönch überlegte kurz und fragte dann skeptisch: »Denken Sie, dass Aufwand und Nutzen dabei im richtigen Verhältnis stehen?«

Weiland antwortete sofort: »Eine kleine Information kann oftmals alles bisher Angenommene auf den Kopf stellen. Selbst wenn nichts dabei herauskommen sollte, was uns bei diesem Fall hilft, so könnten wir möglicherweise etwas über den Güterverkehr lernen, was uns bei einem anderen Fall weiterhelfen könnte.«

Mönch gingen in diesem Augenblick zwei Lichter über die Zusammenarbeit mit Weiland auf. Erstens würde Weiland keine noch so kleine Möglichkeit auslassen, um neue Erkenntnisse zu gewinnen, unabhängig davon, wie seltsam seine Kollegen das Vorgehen oder die Fragen finden würden. Zweitens schien Weiland ein Typ zu sein, der die gesamte Spanne von Möglichkeiten zumindest einmal aufzeigte, um sich im Anschluss darüber klar zu werden, wo genau er sich auf dieser Spanne der Möglichkeiten befand.

Als wollte Weiland dies noch bestätigen, fügte er nun hinzu: »Ich schlage vor, Sie machen sich ein paar Gedanken darüber, mit welcher Einstellung, Erwartung, welchen Gefühlen oder Zweifeln Sie in das Gespräch gehen. Das kann auch Ihr beabsichtigtes Vorgehen beinhalten oder Ihre Vermutungen darüber, wie ich wohl mit der Situation umgehen könnte. Im Anschluss könnten Sie dann überprüfen, was sich bestätigt hat, ob etwas neu, überraschend, schockierend oder was auch immer gewesen ist.«

Mönch sah Weiland an und sagte: »Ich werde darüber nachdenken.«

Mönch und Weiland hatten sich mit dem Lkw-Fahrer in einen freundlich gestalteten kleineren Besprechungsraum zurückgezogen, der manchmal auch als Pausenraum diente. Schließlich ging es nicht darum, einen Zeugen zu verunsichern. Nachdem alle mit Kaffee und Tee versorgt waren, ging es ohne viel Vorgeplänkel los.

Weiland begann: »Herr Hahn, ist Ihnen etwas Besonderes vor oder nach dem Unfall aufgefallen?«

Der Lkw-Fahrer überlegte kurz, dann antwortete er: »Was sollte mir denn aufgefallen sein? Sie haben die Gegend doch gesehen, kilometerweit nur Wiesen und Felder. Ab und zu ein paar enge Kurven und immer mal wieder Bäume am Straßenrand. Da ist nun wirklich nicht viel gewesen.«

Weiland ließ nicht locker: »Irgendetwas. Beim Autofahren fallen einem doch ständig Sachen auf. Ich bin mir sicher, das ist beim Fahren eines Lkw nicht anders.«

Der Lkw-Fahrer schien erneut zu überlegen, nahm einen großen Schluck Kaffee und fragte dann: »Und was sollte das sein?«

Weiland erklärte geduldig: »Leute, die bei der Ampel weiter auf ihr Handy schauen und nur noch mitbekommen, wenn es grün wird. Es fällt auf, dass sie sich nicht nach links absichern, was insbesondere im Kreuzungsbereich gefährlich werden kann. Es geht hier um Dinge, die zwar registriert werden, es aber nicht schaffen, längerfristig im Bewusstsein zu bleiben.«

Herr Hahn schien nun zu verstehen, worum es ging, antwortete aber nur mit einem ausdruckslosen: »Aha, in der Gegend war aber weit und breit nichts.«

Weiland blieb dran: »Was Lkw-Fahrern besonders auffällt, sind doch sicherlich Fahrradfahrer, die an einer Ampel im Kreuzungsbereich so dicht an die Straße heranfahren, dass das Vorderrad schon fast auf der Straße ist.«

Nun antwortete Herr Hahn: »Ich weiß, was Sie meinen, beim Abbiegen schneidet der Auflieger die Kurve, bringt das Rad zu Fall und wenn es ganz blöd läuft, fällt der Radfahrer noch unter den Auflieger.«

Weiland antwortete anerkennend: »Genau das meine ich. Das wäre eine Situation, aber ihre möglichen Auswirkungen werden nicht von allen erkannt.«

Es folgte für einige Sekunden Schweigen, Weiland trank Tee, Mönch Kaffee, der Lkw-Fahrer sah abwartend von einem zum anderen.

Schließlich fragte Weiland weiter: »Fragen Sie sich auch häufig, wann das Auto vor Ihnen abbiegt?«

Herr Hahn zuckte mit den Schultern. »Manchmal schon, aber da es sich nicht voraussagen lässt, vergesse ich das sofort wieder.«

»Das ging mir genauso, bis ich bemerkt habe, dass eine Einschätzung in bestimmten Situationen ganz gut funktioniert. Bei Traktoren mit Ernteeinsätzen zum Beispiel. Ich gebe zu, das ist vielleicht kein gutes Beispiel. Bei Straßen mit angrenzenden Industriegebieten klappt es aber auch ganz gut. Bei Lkw funktioniert das oft und bei Pkw ist mir aufgefallen, dass nur bestimmte Fahrzeugklassen als Firmenwagen infrage kommen. Wenn dann noch eine Firma, zum Beispiel eine Spedition mit dem Namen Michael Müller, dort angesiedelt ist und zusätzlich im Kennzeichen zum passenden Landkreis noch das MM auftaucht, könnte man darauf wetten«, führte Weiland nun aus.

Der Lkw-Fahrer antwortete interessiert, aber auch nachdenklich: »Okay, was bedeutet das jetzt für mich?«

Weiland antwortete: »Wir könnten jetzt mal alle Sinne durchgehen. Es könnte Ihnen aufgefallen sein, dass es nach Gülle gerochen hat. In diesem Fall könnte die Straße stärker verschmutzt gewesen sein durch eine Zufahrt zum Feld. Klar, das hätten wir dann auch auf der Straße gesehen, aber hier geht es ja darum, Auffälligkeiten, die nur kurz im Bewusstsein sind, erneut hervorzuholen, deshalb die Fragen.« Weiland ließ Hahn nicht aus den Augen und trank einen Schluck Tee. Dann fuhr er fort: »Dabei fällt mir ein, dass mir etwas aufgefallen ist, als ich mir Ihren Fahrtenschreiber angesehen habe.«

Nun wurde Herr Hahn auf einmal deutlich munterer: »Aha, was denn?«

»Mir ist aufgefallen, dass Ihre Durchschnittsgeschwindigkeit immer ein wenig über der erlaubten Geschwindigkeit lag«, erklärte Weiland und fügte dann mit einem verständnisvollen Nicken hinzu: »Ich bin mir sicher, dass Sie den Toleranzbereich, bevor etwas geahndet werden kann, ganz gut kennen. Die kurze Linie, fast nur ein Punkt, vor dem Unfall liegt unterhalb der Grenze. Gibt es dafür einen besonderen Grund?«

Es war Herrn Hahn nun ein gewisses Unwohlsein anzumerken, aber er gab sich dennoch einen Ruck – seine Überlegungen ließen schließlich deutlich eine körperliche Entspannung erkennen. »Kurz vor dem Unfallort habe ich weit entfernt einen Lichtblitz gesehen. Mein erster Gedanke war: Mach mal langsam, nachher bekommst du noch ein Ticket.«

Weiland und Mönch sahen sich verwundert an. Der Rest der Befragung verlief ohne besondere Erkenntnisse.

Kapitel 9

Eine zufällige Begegnung mit Korbes

Weiland war gerade besonders gut gelaunt die Treppenstufen zur Kantine halb hüpfend, halb einem unbestimmten Muster der Fliesen folgend herabgestiegen, als ihm eine Gruppe von Kollegen, unter ihnen Korbes, entgegenkam. Korbes konnte sich die Frage nicht verkneifen, warum er denn so gut gelaunt sei und ob es etwas Neues gebe. Weiland entgegnete, ohne seine Geschwindigkeit dabei allzu sehr zu verlangsamen: »In der Tat, ich arbeite gerade an einem griffigen Titel für meinen Fall. Es sollte auf jeden Fall das Wort »Fotograf« darin vorkommen. Ich hoffe da auf einen Licht, äh, Geistesblitz.« Nach einer kurzen Pause, Weiland war schon weiter die Treppe hinabgestiegen und außer Sicht, hallte es noch durchs Treppenhaus: »Griffige Titel sind mir wichtig! Vorschläge sind willkommen.«

Kapitel 10

Tamburellos Schreibtisch

Weiland war sich mittlerweile sicher, wie es zum Unfall gekommen war. Oder anders gesagt: Auf welche Weise nachgeholfen worden war. Was die Fragen »wer« und »warum« anging, tappte er jedoch völlig im Dunkeln. Zunehmend verkürzte sich die Frist, die ihm sein Chef Kirchhoff gesetzt hatte.

Um die offenen Fragen beantworten zu können, müsste er mehr über Jan Tamburello erfahren. Aus diesem Grund entschied er, sich den Arbeitsplatz von Tamburello genauer anzusehen und bei der Gelegenheit Korbes zu einem Gespräch zu bitten.

Im Büro von Tamburello und Korbes war gerade ein Kollege dabei, die persönlichen Gegenstände von Tamburello in einen Karton zu legen. Weiland fragte den Kollegen, ob er nicht in einer Stunde wiederkommen könnte. Es schien sich herumgesprochen zu haben, dass er den Unfall von Jan Tamburello näher untersuchte. Der Kollege machte jedenfalls keinen überraschten Eindruck. Weiland fiel auf, dass sich an den Wänden Naturfotografien befanden, ebenso auf dem Schreibtisch von Korbes, alle sorgfältig gerahmt. Dort gab es außerdem Kinderfotos, aber keines von seiner Frau.

Als der Kollege gerade den Raum verlassen wollte, machte Weiland eine Bemerkung über die große Anzahl von Natur- und Tierfotografien. Der Kollege antwortete: »Die hat der Korbi selbst gemacht. Sein großes Hobby, haben Sie das nicht gewusst?« Ohne einen weiteren Kommentar verließ er dann das Büro.

Weiland setzte sich an den Schreibtisch von Tamburello und ließ seine Gedanken schweifen.

Er erinnerte sich an ein Gespräch mit seinem Bruder. Er arbeitete in leitender Position in einem Industrieunternehmen und hatte ihm davon berichtet, dass er gerne Gelegenheiten nutzte, im Unternehmen umherzugehen und Kollegen auch direkt an ihrem Arbeitsplatz zu besuchen. Sein Bruder nutzte verschiedene Gelegenheiten, zum Beispiel die Hauspost, die er persönlich abgab, oder er holte sich eine benötigte Unterschrift persönlich, anstatt den betreffenden Mitarbeiter anzurufen und in sein Büro zu bitten. Sein Bruder betonte, dass viele Manager diese Methode infrage stellen würden. Als Argumente führten sie an, dass sie zu wenig Zeit für so etwas hätten und Ergebnisse nicht vorhersehbar und damit der ganze Ansatz zu unspezifisch sei. Sein Bruder betonte jedoch, dass, noch bevor der erste Satz gesprochen werde, eine Vielzahl von Eindrücken vorlegen. Anhand der Umgebung könnte er ablesen, ob die Zusammenarbeit generell funktioniert und ob jemand zum Beispiel Fachliteratur nutzt. Ob der Arbeitsplatz nun ordentlich war oder nicht, interessierte seinen Bruder dabei weniger.

Auf dem Schreibtisch von Tamburello gab es jedenfalls keine Besonderheiten. Ein ganz normaler Arbeitsplatz mit Stapeln von Akten und Papier, alles einigermaßen ordentlich. Alles wirkte arbeitsam, aber zugleich auch irgendwie entspannt. Tamburello schien die Angewohnheit besessen zu haben, Kaffeetassen zu sammeln, bevor er sie in die Küche trug.

Weiland zog mehrere Schubladen auf. In einer fand er ein neues Foto, das Tamburello mit einer Frau zeigte, sie umarmten sich innig. Er drehte es um, aber auf der Rückseite gab es keinen Hinweis, um wen es sich handeln könnte. Irgendwie kam ihm die Frau bekannt vor, aber er konnte sich nicht erinnern, wo er sie schon einmal gesehen hatte.

Bevor er den Raum verließ, nahm er sich Stift und Papier von Korbes Schreibtisch und hinterließ ihm ein Zettel mit der Bitte, sich bei ihm zu melden.

Kapitel 11

Korbes' Befragung

Weiland und Mönch saßen in ihrem Büro, als das Telefon klingelte. Weiland hob ab und meldete sich.

»Hallo«, entgegnete der Anrufer, sagte aber weiter nichts.

»Hallo, Herr Korbes, schön, dass Sie zurückrufen«, sagte Weiland.

Korbes fragte erstaunt: »Woher haben Sie gewusst, dass ich es bin?«

»Das war jetzt nicht so schwer. Der Kreis der Anrufer, der Spaß daran hat, den Angerufenen in ein Namensquiz zu verwickeln, ist relativ überschaubar. Hinzu kommt, dass ich Ihnen eine Notiz mit der Bitte um Rückruf hinterlassen habe, so ergibt sich zusätzlich eine gewisse zeitliche Nähe.«

»Und was wollen Sie von mir?«, fragte Korbes nun knapp.

»Ich hätte da eine Frage. Haben Sie kurz Zeit für mich?«

Korbes erschien wenig später im Büro von Weiland und Mönch. Wieder wartete er keine Reaktion auf sein Klopfen ab. Für Weiland war das ein weiterer Mosaikstein im Bild von Korbes. Ihn interessierte, ob bestimmte Verhaltensweisen nur in besonderen Situationen zum Vorschein kamen oder ob sie sich bereits grundlegend in die Persönlichkeit eines Menschen geschlichen hatten. Abgesehen davon, wirkte Korbes jetzt eher konzentriert und ruhig. Er nahm sich einen Stuhl und setzte sich auf die andere Seite von Weilands Tisch. Dieser beobachtete ihn und fragte schließlich, als sie sich gegenübersaßen: »Möchten Sie einen Kaffee?«

»Nein, danke, ich hoffe, es dauert nicht allzu lange«, antwortete Korbes.

Weiland war sich nicht sicher, ob das als Frage oder Ankündigung verstanden werden sollte. Er versuchte jedenfalls, die entspannte Situation zu nutzen. »Unseren neuen Kollegen, Herrn Mönch, haben Sie ja bereits kennengelernt.« Ihm gefiel die Formulierung »kennengelernt«, er war sich jedoch nicht sicher, ob Korbes die Anspielung verstand. Bei seinem letzten Besuch in ihrem Büro hatte sich Mönch nicht von Korbes grober Unhöflichkeit beeindrucken lassen und ihn stattdessen mit einer klugen Erwiderung verunsichert.

Korbes nickte Mönch flüchtig zu. Im nächsten Augenblick wandte er sich wieder an Weiland und sagte: »Warum haben Sie bei meinem letzten Besuch von »jetzt« gesprochen? Sie hatten etwas gesagt wie »jetzt ist es ein Fall«. Ist es jetzt erst sicher, dass es sich um einen Fall handelt? War es das vorher nicht?«

»In der Zwischenzeit haben wir ein Foto bekommen, das zeigt, wie sich jemand am Wagen Ihres Kollegen zu schaffen macht. Es hat also jemand das Bedürfnis, uns etwas über den vermeintlichen Unfall mitzuteilen. Das Foto wurde anonym abgegeben. Das hat nur Sinn, wenn es bei dem Unfall nicht mit rechten Dingen zugegangen ist.«

»Was glauben Sie denn, was passiert ist?«

Weiland sah Mönch an, der nun antwortete: »Herr Weiland glaubt, dass jemand unseren Kollegen mit einem Blitz geblendet hat, damit er in der Kurve die Kontrolle über sein Fahrzeug verliert.«

Korbes warf ihm einen skeptischen Blick zu, dann antwortete er mit leicht sarkastischem Unterton: »Und das haben Sie alles aus dem Foto herausgelesen?« Er grinste Weiland herausfordernd an, Mönch ignorierte er.

Doch der neue Kollege ließ sich nicht irritieren und erklärte sachlich: »Wir haben den Lkw-Fahrer

befragt und der hat, weit entfernt von der Unfallstelle, einen Lichtblitz gesehen.«

Korbes wandte sich ihm nun doch zu. »Das
scheint mir alles ziemlich weit hergeholt zu sein.
Oder wollen Sie mich auf den Arm nehmen?« Nach
einer Pause fügte er hinzu: »Lichtblitz, das kann alles
Mögliche gewesen sein.«

Weiland und Mönch sagten nichts. Sie warteten
und ließen die nun eingetretene Stille wirken.

Korbes verschränkte die Arme, wirkte nachdenklich und schwieg auch. Nach einer Weile hellte sich
sein Gesicht auf: »Wollten Sie deshalb unbedingt
den Begriff »Fotograf« im Titel Ihres Falls haben?
Mensch, ich glaub das nicht! Das muss Ihnen doch
selbst komisch vorkommen, oder?«

Weiland und Mönch hatten nicht das Gefühl,
dass sie aussahen, als würden sie einen Spaß machen.

Weiland sagte nun: »Ich gebe zu, dass uns noch
der Beweis fehlt. Aber ich bin mir sicher, dass es so
oder so ähnlich passiert ist. Es war kein Unfall.«

Korbes fragte nun ungeduldig: »War's das?«

»Noch nicht ganz«, entgegnete Weiland, »ich hatte
bisher noch keine Gelegenheit, eine bestimmte Frage
zu stellen, im Grunde interessiert mich nur diese
eine. Warum haben Sie an der Unfallstelle gesagt,

der Wagen von Jan Tamburello hätte gerade erst den TÜV bestanden?«

Korbes schien überrascht: »Was habe ich gesagt? Warum hätte ich das sagen sollen?«

»Das ist einfach zu beantworten«, begann Weiland und fuhr dann etwas eindringlicher fort: »Sie wollten, dass der Unfallort so schnell wie möglich geräumt wird und es zu keinem Ermittlungsverfahren kommt.«

Korbes starrte ihn an. »Ich kann mich wirklich nicht daran erinnern, irgendetwas über den TÜV gesagt zu haben. Aber wie auch immer, den Unfallort so schnell als möglich freizugeben und alle Beteiligten nicht länger als nötig aufzuhalten, ist doch nun wirklich die natürlichste Sache der Welt.«

Weiland schürzte die Lippen. »Wirklich? Wie natürlich war das Ganze? Und wie lange sollte so eine Untersuchung dauern? Eigentlich doch genau so lange, wie es nötig ist.«

Korbes schüttelte den Kopf. »Ich bin jedenfalls froh, dass Sie das Ganze nicht unnötig in die Länge gezogen haben.«

»Ich bin mir sicher, Sie haben eine Bemerkung über den kürzlich bestandenen TÜV gemacht. In der Folge hatte ich die ganze Zeit das Gefühl, etwas würde nicht stimmen. Irgendetwas, das ich gesehen oder gehört habe, passte damit nicht zusammen«, beharrte Weiland.

»Das passiert uns allen doch ständig«, entgegnete Korbes.

Weiland nickte. »Da gebe ich Ihnen recht. Aber eben nur bei unwichtigeren Dingen des Alltags. Ein Unfallort im Rahmen meines Dienstes gehört ganz sicher nicht dazu.«

Korbes lächelte provozierend: »Sollten Sie etwa schludrig gearbeitet haben?«

Weiland musste sich eingestehen, dass Korbes leider recht hatte. Er war selbst mit sich unzufrieden, versuchte aber, sich Korbes gegenüber nicht allzu viel davon anmerken zu lassen. »Am Tag nach dem Unfall habe ich mir stundenlang die Bilder angesehen, die unsere Kollegen gemacht haben. Haben Sie auch welche gemacht?«, fuhr er stattdessen fort.

»Wie kommen Sie denn darauf?«, fragte Korbes zurück.

»Als ich bei Ihnen im Büro war, sind mir die Bilder auf Ihrem Schreibtisch und an der Wand aufgefallen. Ein Kollege meinte, Sie seien Naturfotograf.«

Korbes entgegnete knapp: »Nein, habe ich nicht.«

Weiland fuhr fort: »Nun ja, die Bilder der Kollegen waren jedenfalls aus Winkeln und Abständen so fotografiert, dass das Kennzeichen und damit die TÜV-Plakette nicht zu erkennen war.«

Korbes schien verwundert über den Kommentar, sagte aber nichts.

»Ich habe mich extra noch einmal auf den Weg gemacht, um mir das Unfallauto anzusehen«, sagte Weiland.

Korbes schüttelte den Kopf. »Sie hätten auch bei den Kollegen, die das Auto untersuchen, anrufen können. Oder bei der Zulassungsstelle.«

Weiland nickte. »Da haben Sie recht. Ist aber nicht so mein Ding.«

»Haben Sie oder die Kollegen denn etwas am Auto gefunden?«

»Nein, nichts, was auf eine Manipulation am Auto hingewiesen hätte. Aber wissen Sie was? Es gab keine neue TÜV-Plakette. Der Wagen hatte noch ein halbes Jahr TÜV.«

»Ich hatte Ihnen bereits gesagt, dass ich nichts über den TÜV gesagt habe«, erwiderte Korbes genervt. »Und ich glaube auch nicht, dass wir weiter darüber sprechen sollten. War's das jetzt?«

Weiland nickte. »Das war's. Vielen Dank, dass Sie sich die Zeit genommen haben.«

Nachdem Korbes das Büro verlassen hatte, sagte

Weiland zu Mönch: »Erinnern Sie sich noch, als wir uns vor der Befragung des Lkw-Fahrers über Sinn- und Unsinn von vermeintlich unsinnigen Fragen unterhalten haben?« Er wartete die Antwort nicht ab und sprach gleich weiter: »Sie haben damals völlig zu recht gefragt, ob der Aufwand den Nutzen rechtfertigt. Diese Frage treibt mich durchaus um. Im Gespräch mit Korbes gerade eben kam dieser Aspekt voll zum Tragen, allerdings gegen mich. Ich habe an der Unfallstelle dem Druck der Kollegen stattgegeben und eine rasche Freigabe erteilt. Ob Korbes nun den Hinweis mit dem TÜV gegeben hat oder nicht, lässt sich wohl nicht mehr rekonstruieren. Ich habe mich jedenfalls drängen lassen und als mich die Zweifel einholten, war es zu spät.«

Mönch war froh, dass Weiland den Aspekt mit dem Blitz nicht hervorgeholt hatte. Im ersten Augenblick hatte er die Befürchtung gehabt, Weiland wollte ihn auf seine Zweifel vor der Befragung des Lkw-Fahrers aufmerksam machen. In dieser Sache hatte Weiland offensichtlich ins Schwarze getroffen und recht behalten. Auch noch so seltsame Fragen mit einer noch so geringen Aussicht auf einen möglichen Nutzen konnten ihre Berechtigung haben. Anstatt seinen Triumph auszukosten, hatte Weiland stattdessen einen Fehler, den er sich selbst zuschrieb, eingeräumt. Mönch war nicht ganz klar, wie er das deuten sollte. Er hatte aber das Gefühl, dass sich die erste etwas holprige Phase mit Weiland nun, nach kurzer Zeit der Zusammenarbeit, deutlich zu entspannen schien und Weiland sich auf ihn zubewegte. Hatte er Weilands Aufforderung zur Selbstreflektion vor dem Gespräch mit dem Lkw-Fahrer noch mit gemischtem Gefühlen und auch als Belehrung empfinden können, so hatte er nun das Gefühl, dass Weiland eine vertrauensvolle und offene Zusammenarbeit anstrebte.

Kapitel 12

Mönchs Nachfrage

Weiland saß gedankenversunken an seinem Schreibtisch, als Mönch ihn ansprach: »Was hat es eigentlich mit Ihren Fragen auf sich?«

»Genau weiß ich es auch nicht, aber wie andere Menschen Briefmarken oder Zigarrenbanderolen sammeln, sammle ich Fragen. Allerdings mit dem Unterschied, dass sich mir die Fragen unfreiwillig aufdrängen und sie, sobald der richtige Zeitpunkt gekommen ist, beantwortet werden und damit aus der Sammlung entlassen werden.«

»Mir ist aufgefallen, dass Sie mich veranlasst haben, Fragen vor einem bestimmten Ereignis zu stellen und im Nachgang zu reflektieren. Ein Beispiel war die Befragung des Lkw-Fahrers«, fuhr Mönch fort.

Weiland sah zu ihm rüber und antwortete: »Das ist richtig. Aber es gibt eine ganze Reihe weiterer Aspekte, zum Beispiel interessiert mich das gesamte Spektrum eines Phänomens oder einer Eigenheit.

Anders formuliert: Was sind die Extremfälle? Was ist die kleinste Nuance, ab wann eine Eigenschaft wahrgenommen wird? Was sind ihre maximalen Auswirkungen? Wo zwischen diesen Extremen würde ich diese Eigenschaft, die ich in einer bestimmten Situation wahrgenommen habe, einordnen? Ab welchem Punkt zwischen den Extremen schlägt etwas von positiv in negativ um?«

»Haben Sie ein Beispiel?«, hakte Mönch nach.

Weiland überlegte kurz, dann sagte er: »Ich hatte mal eine Diskussion mit einem Kollegen, der sich die Frage stellte, warum man ein ›Bitte‹ an eine Frage fügen sollte. Das Resultat wäre doch in jedem Fall das Gleiche. Als Beispiel führte er die Frage ›Kannst du mir den Flaschenöffner geben?‹ an.

Meine Antwort war, dass sich durch ein ›Bitte‹ alles verändern würde. Klar, die Flasche wäre in beiden Fällen am Ende offen gewesen. Das war das Ergebnis, das ihm wichtig war. Doch es sind hier ja mehrere Ebenen berührt und diese werden ganz unterschiedlich bedient. Es gibt die Sachebene, die ihm wichtig war. Und es gibt die Beziehungsebene. Mit einer Bitte wird Wertschätzung zum Ausdruck gebracht, ohne ›Bitte‹ eben nicht. Das Spektrum dazwischen reicht je nach Situation und Tonfall von übertriebener Höflichkeit bis zu grober Unfreundlichkeit. Mich interessiert die mögliche Spanne und warum sich jemand an einer bestimmten Stelle einordnet.«

Mönch dachte nach, bis Weiland von sich aus weitersprach: »Etwas Gutes hat das Ganze. Wann immer Sie jemanden treffen und eine Idee von seinem Beruf oder Hobby bekommen, können Sie eine Frage beantwortet bekommen und gleichzeitig ein interessantes Gespräch führen. Ich erinnere mich an eine Geburtstagsfeier, bei der meine Frau und ich mit lauter fremden Leuten feierlich an einem Tisch saßen. Noch bevor das Essen so richtig losging, war das Thema Fußball in aller Munde. Für mich war das die Höchststrafe. Nach einiger Zeit verlagerte sich der Schwerpunkt auf einen Trainerwechsel und eine Frage, die mich mal vor langer Zeit beschäftigt hatte, kam wieder in mir hoch: Warum ist der Trainer eigentlich so wichtig? Ich bekam einen wirklich interessanten und gut gemachten Vortrag von nicht unerheblicher Länge, der über seine gesamte Dauer mit beachtlicher Begeisterung vorgetragen wurde. Nun wurde es auch für mich interessant. ›Was machen Sie denn beruflich?‹, fragte ich. Es stellte sich heraus, dass der Mann als Disponent in einem Krankenpflegedienst seiner Schwester arbeitete. All die beschriebenen Aspekte, die einen guten Trainer auszeichnen, setzte er täglich bei seiner Arbeit um. Ich bin mir sicher, zur Zufriedenheit aller Beteiligten.«

Nach einer gedankenvollen Pause, die Weiland mit einem Schmunzeln beendete, ergänzte er dann noch: »Wissen Sie, wie ich meine Frau kennengelernt habe?«

Mönch schüttelte grinsend den Kopf. »Nee, woher denn?«

Weiland nickte. »Ja, woher auch? Wir saßen uns eine ganze Weile bei einer Bahnfahrt gegenüber und mir fiel auf, dass sie an den Enden ihres Schals, der aus einzelnen Fäden bestand, herumknotete. Sogleich fiel mir eine Frage ein, die mich mal beschäftigt hatte. ›Entschuldigung, kennen Sie vielleicht das Spiel mit einem Bindfaden, der an den Enden zu einem Kreis verknotet wird und dann über die Finger von beiden Händen zu einer Figur gespannt wird. Jemand übernimmt die Schnur und formt bei der Übernahme eine neue Figur daraus?‹, fragte ich ganz spontan.

Sie sah mich erstaunt an. ›Ja, das Spiel kenne ich, warum?‹, entgegnete sie.

Und ich sagte: ›Ich habe mich schon immer gefragt, wie viele Figuren es wohl gibt, und als ich gesehen habe, dass Sie ein Knotenprofi sind, dachte ich, ich frag mal nach.‹ Sie hat gelächelt und geantwortet: ›Das ist wirklich eine interessante Frage, ich habe mich das auch schon mal gefragt ...‹

Kapitel 13

Wie weiter?

Weiland ließ seinen Wagen auf dem Revier stehen, um die paar Kilometer zu Fuß nach Hause zu gehen. Er brauchte etwas Zeit, um sich über das weitere Vorgehen klar zu werden. Seinem Chef brauchte er mit seiner Theorie über jemanden, der sich mit Fotografie und den Gepflogenheiten des verunglückten Kollegen Jan Tamburello auskannte, nicht zu kommen. Obwohl es in der Aussage des Lkw-Fahrers einen Lichtblitz gab, der bisher ganz allgemein beschrieben worden war, lieferte das Protokoll auch gleich eine mögliche Erklärung mit, die jedem einleuchtete: eine Geschwindigkeitskontrolle. Dass weder der Lkw-Fahrer eine Radarfalle gesehen hatte, noch in den Unterlagen der Kollegen eine solche vermerkt war, spielte eine untergeordnete Rolle. Denn es gab ja auch noch weitere übliche Phänomene wie ein Wetterleuchten, ein mit Fernlicht fahrendes Fahrzeug, das über eine Bodenwelle gefahren war, ein Reflektion auf der Windschutzscheibe von einer Lichtquelle möglicherweise aus dem Fahrzeug selbst heraus und, und, und. Alles in allem gab es eine Reihe von Erklärungen, die jedem plausibel erschienen, weil sie jeder schon des Öfteren erlebt hatte. Seine Vermutung, dass jemand mit einem leistungsstarken Blitzlicht gezielt in einer Kurve nachgeholfen hatte, würde ihm zwar kräftig Punkte in Bezug auf Originalität einbringen, glauben würde es ihm aber wohl keiner und sein Chef schon lange nicht.

Unter diesen Umständen würde er keine Verlängerung erwarten können. Sein Anfangsverdacht, der mehr auf Intuition als auf echten Beweisen beruht hatte, würde er so nicht aufrechterhalten können. Wenn ihm nicht binnen zwei Tagen etwas Handfestes einfiel, was seinen Chef überzeugen würde, wäre die ihm gesetzte Frist verstrichen. Dann würde er den Fall zu den Akten legen müssen. Die Fragen würden bleiben.

Kapitel 14

Die Ankündigung

Am nächsten Tag in der Mittagszeit fasste Weiland einen Entschluss und schrieb eine E-Mail. Er überflog sie noch einmal, bevor er sie an seine Kollegen und seinen Abteilungsleiter sendete.

Liebe Kollegen,

anlässlich meines morgigen Geburtstags möchte ich Sie hiermit um 10:00 Uhr in die Kantine zu ein paar Schnittchen einladen. Von meiner Nichte habe ich im letzten Jahr ein Buch von Hercule Poirot bekommen. Ehrlich gesagt, habe ich keine Ahnung, worum es darin genau geht, aber meine Nichte hat mir begeistert davon berichtet, wie die Lösung eines Falls in großer Runde mit viel Tamtam und endlosen Erklärungen zelebriert wird. Am Ende gibt es einen Täter und der Fall ist gelöst.

Neben Schnittchen wird es deshalb morgen einen Fall, einen Täter und das ganze Drumherum geben.
Ich bitte um zahlreiches Erscheinen.

Mit freundlichen Grüßen
J. F. Weiland

PS Um morgen ausgeschlafen zu sein, bin ich heute mal früher weg.

Kapitel 15

Das Geburtstagsfrühstück

Am nächsten Morgen war alles um Punkt 10:00 Uhr fertig. Schnittchen, die versammelten Kollegen, alle hatten, wie es üblich war, ihren Kaffeebecher mitgebracht. Der Einzige, der fehlte, war Weiland. Um 10:05 Uhr kam der Küchenchef herein und meldete sich zu Wort: »Ich habe gerade einen Anruf von Herrn Weiland erhalten, er kommt etwas später und bittet Sie, schon einmal mit dem Imbiss zu beginnen.«

Für Weilands Kollegen war das einerseits überraschend, andererseits auch nicht. Weiland war eben ein Sonderling und alles Mögliche konnte passieren, insbesondere im Zusammenhang mit gesellschaftlichen Konventionen. Die meisten Kollegen tuschelten über seine Eigenheiten, während sich andere fragten, was es wohl mit der seltsamen Einladungs-Mail auf sich hatte. Alle waren sich aber einig darin, dass es nun an der Zeit sei, sich eingehend mit den Schnittchen zu befassen.

Gegen 10:15 Uhr erschien Weiland. Er entschuldigte sich kurz für seine Verspätung. »Ein wichtiger Anruf, sozusagen das letzte Puzzleteil. Ich hoffe, es schmeckt Ihnen und vielen Dank für Ihr Erscheinen. Ich brauche jetzt erst mal einen Tee«, rief er in die Runde und setzte sich. Nach und nach lösten sich die Kollegen aus ihren Gesprächen, um ihm zum Geburtstag zu gratulieren.

Irgendwann fragte dann eine Kollegin etwas lauter und über diverse Tische hinweg, damit es alle hören konnten: »Was hat es denn jetzt mit dem Fall auf sich? Aus Ihrer Anmerkung in der Einladung sind die meisten nicht schlau geworden.«

In der Tat waren die Meinungen gespalten, es gab einige, die nun irgendeine alte, langatmige Anekdote erwarteten. Auch wenn diese Einschätzung nicht offen angesprochen wurde, so konnte sie dennoch von den Gesichtern abgelesen werden.

»Also«, begann Weiland und erhob sich, um einen guten Überblick zu haben über alle, die in der Kantine saßen und standen, »bei dem Unfall unseres Kollegen hatte ich von Anfang an ein ungutes Gefühl und mittlerweile habe ich Gewissheit.« Nach einer kurzenPause fuhr er fort: »Es handelt sich eindeutig um Mord. Einen Mord, den ich nun beweisen kann.«

Jetzt sahen ihn alle teils ungläubig, teils entsetzt an. Kurz darauf entstand ein wildes Stimmengewirr, aus dem er nur einige Worte heraushören konnte. Die Palette reichte von »Beweise« über »Wichtigtuer« bis zu »pietätlos«.

Gerade, als er ansetzen wollte, sich der aufgewühlten Menge zu erklären, kam der verwundert dreinblickende Pförtner herein und erkundigte sich mehrere Male nach Herrn Weiland, jedes Mal etwas lauter, bis er ihn am anderen Ende der Kantine erblickte. Schließlich wurden die Stimmen leiser und der Pförtner sagte in die entstandene Stille: »Herr Weiland, da ist ein Kurierfahrer für Sie am Empfang.«

In der Öffentlichkeit siezten sich die beiden, es war einer der Punkte, bei denen Einigkeit bestand, auch wenn kein einziges Mal darüber gesprochen worden war.

Weiland antwortete kurz angebunden: »Das passt jetzt nicht.«

»Der Kurier sagt, er solle den Umschlag persönlich übergeben und er benötige eine Unterschrift. Es geht um dringendes Beweismaterial, das Sie angefordert hätten«, erklärte der Pförtner nun noch kurz. Doch um eine weitere Diskussion zu unterbinden, wandte er sich um und ging schnell wieder.

Weiland sah ihm nach und hielt einen Augenblick

inne, um zu überlegen. Dann folgte er dem Pförtner. Bei der Pförtnerloge angekommen, blieb er kurz stehen, beugte sich lächelnd über das Sprachfeld zum Pförtner herab, der bereits wieder Platz genommen hatte: »Danke, perfektes Timing! Ich hoffe, es sind nachher noch ein paar Schnittchen für dich übrig«, sagte er zufrieden.

Da die Kollegen alle in der Kantine waren, bedurfte es keines echten Kurierfahrers. Weiland entfernte sich schnellen Schrittes aus dem Polizeigebäude. Den Rest des Tages hatte er für sich. Er ging ins Museum und später allein essen. Seinen Geburtstag würde er mit seiner Familie nachfeiern. Seine Frau war auf einem Chor-Workshop und die Kinder auf einer Jugendfreizeit. Ihm war es wichtiger, dass seine Lieben diese nicht alltäglichen Aktivitäten wahrnehmen konnten, als seinen Geburtstag an einem festgelegten Tag zu feiern. Nach den letzten Entwicklungen war er sogar ganz froh, dass der Rest der Familie unterwegs war. Ihm war klar, dass er den vermeintlichen Täter erheblich unter Druck gesetzt hatte. Das daraus resultierende Risiko war nicht abschätzbar. Dem gegenüber stand eine unbestimmte Menge an Fragen, deren Beantwortung ohne die Unterstützung seines Chefs voraussichtlich unbeantwortet bleiben würden.

Kapitel 16

Die Überführung

Als Weiland am Abend nach Hause kam, begegnete er kurz vor seinem Haus Korbes, der dort auf ihn zu warten schien. »Was machen Sie denn hier?«, fragte er. »Haben Sie etwas für mich, was mich bei der Lösung des Falls voranbringt?«

»Eigentlich wollte ich Sie schon im Park ...«, begann Korbes, hielt dann aber inne. Die Männer standen voreinander und musterten sich gegenseitig. Schließlich sprach er weiter: »Treffen, ja, aber Sie waren nicht da. Dabei gehört es doch zu Ihren Gewohnheiten, durch den Park zu gehen.«

»Mit den Gewohnheiten ist das so eine Sache«, entgegnete Weiland. »Als ich in den Park gehen wollte, begann es zu nieseln, und da ich nicht die richtige Kleidung anhatte und die erforderliche Zeit abgeschätzt habe, bin ich letztendlich zu dem Schluss gelangt, dass ich, würde ich meinen Gewohnheiten folgen, dreimal nass bis auf die Haut werde. Was gibt es denn, das Sie mir so dringend sagen möchten?«

Korbes, dem das Gequatsche von Weiland mal wieder auf die Nerven ging, antwortete: »Ach, lassen Sie doch die Spielchen. Sie wissen doch ganz genau, dass ich für die Sache mit Jan verantwortlich bin.«

Weiland zog eine Augenbraue hoch. »Aha, Sie möchten also ein Geständnis ablegen. Das hätten Sie doch vorhin schon auf dem Revier erledigen können. Was ist denn in der Zwischenzeit passiert?«

Korbes wirkte mittlerweile ernsthaft verärgert. »Ich bin hier, um Sie zu warnen. Sollten Sie den Fall nicht zu den Akten legen, kann ich für nichts garantieren. Sie haben gesehen, wozu ich imstande bin. Sie legen den Fall zu den Akten, dafür passiert Ihnen nichts«, knurrte er und sah Weiland drohend in die Augen, um dann hinzuzufügen: »Deal?«

Weiland brauchte nicht lange zu überlegen: Unter gar keinen Umständen würde er einen Deal mit Korbes eingehen, es war schließlich ein Mensch getötet worden. Ihm war klar, dass eine Entscheidung für einen »Deal« sein Leben für immer verändern würde, nicht nur, weil das gegen sein Wertesystem verstoßen hätte, er fand auch Leute vom Schlage Korbes abstoßend. Ums Verrecken wollte er nichts gemeinsam haben mit ihnen. Statt nun auf die Frage zu antworten, fragte er zurück: »Ihre Idee für einen

Unfall, hatte das etwas mit dem Nachnamen Ihres Kollegen zu tun?«

Korbes guckte irritiert: »Was?«

Das war nun ein kritischer Augenblick, aber Weiland merkte, dass seine Frage die gewünschte Wirkung erzielte. »Jan hieß doch mit Nachnamen Tamburello«, ergänzte er freundlich.

Korbes zuckte mit den Schultern. »Ich habe keine Ahnung, was Sie meinen.«

»Na, irgendwo muss doch die Idee für einen Unfall hergekommen sein«, insistierte Weiland.

Korbes entgegnete nicht ohne Stolz: »Die Idee hatte ich schon vor Jahren. Damals hatte ich unbeabsichtigt einen Blitz mit hoher Leitzahl direkt in meine Richtung gezündet. Minutenlang hatte ich Panik, dass ich blind bleibe.«

»Sie kennen sich also mit Fotografie gut aus?«

»Das wissen Sie doch genau.«

»Ich wusste nur, dass sich der Täter mit Fotografie auskennt.«

»Sie müssen schon zugeben, dass das ganz schön gerissen war. Da überall bekannt war, dass Jan zu schnell fährt, brauchte es nur diesen einen kurzen Augenblick, damit er die Kontrolle über das Fahrzeug verliert. Ein Blitz würde niemandem auffallen. Nicht einmal die Kriminaltechnik konnte etwas finden. Der Plan war absolut sicher. Ich wusste, wann und wo er fährt. Die Dunkelheit, die einsame Straße, Bäume in der Kurve – alles perfekt.«

Dies war der Zeitpunkt, an dem Weiland eine Chance witterte, an das Motiv heranzukommen. Korbes fühlte sich immer noch überlegen und war auf einem Höhenflug. »Aber warum musste Jan Tamburello eigentlich sterben? Hätte eine kräftige Meinungsverschiedenheit nicht ausgereicht?«, fragte er ehrlich interessiert.

Korbes winkte ab. »Das ganze Revier hat über mich gespottet. Jan und meine Ex-Frau haben keinen Hehl aus ihrem Verhältnis gemacht und zu allem Überfluss fummelten sie auch noch wie Teenager in der Öffentlichkeit aneinander herum. Irgendwann war mir klar: Jan muss weg, anders würde ich meine Frau nie zurückbekommen.«

Da wurde Weiland mit einem Schlag klar, dass er das Motiv die ganze Zeit vor Augen gehabt hatte, aber gleichzeitig keinen Zugang dazu hatte. Hätte besser ein anderer Kollege den Fall übernehmen sollen? Einer, der besser mit den anderen vernetzt war und der sich auch über Privates austauschte? Was wäre anders, was wären die Konsequenzen gewesen?

Noch während er diesen Gedanken nachhing,

fragte Korbes: »Woher haben Sie gewusst, dass das Foto nicht echt ist?«

Weiland überlegte kurz, bevor er antwortete: »Ich habe es nicht gewusst. Ich habe mir nur die Frage gestellt, zu welchem Typ das Foto wohl gehört. Wie Sie wissen, bin ich in vielen Dingen ein Kind des 20. Jahrhunderts. Damals gab es in der Analogfotografie zwei unterschiedliche Ansätze in der Fotokunst. Für einige Fotografen endete der Gestaltungsspielraum mit der Betätigung des Auslösers. Blende, Belichtungszeit, Filter oder gegebenenfalls auch nur ein Anhauchen der Linse sowie vieles Weitere waren Gestaltungsmöglichkeiten vor der Betätigung des Auslösers. Andere Fotografen gingen weiter und bezogen den Entwicklungsprozess als Gestaltungsmöglichkeit ein. Hier spielten Belichtungszeit und besonders die Papierart eine wesentliche Rolle. Ich habe mich lediglich gefragt, zu welcher Kategorie wohl das Bild gehört.« Nach einer kurzen Pause fügte er hinzu: »Was haben Sie sich eigentlich von dem Foto erhofft?«

Das Thema Fotografie schien ein Bindeglied zwischen ihnen zu sein. Und statt dass sich Korbes über Weilands Vortrag verärgert zeigte, schien er sich zu entspannen und sagte: »Das Foto war als Blendwerk gedacht, um den Verdacht auf jemand anderen lenken zu können, für den Fall, dass der Unfall näher untersucht wird.«

Weiland nickte. »Interessant, bei unserem Gespräch auf dem Revier hatte ich Ihnen gesagt, dass ich mir anfangs nicht sicher wäre, ob es sich um einen Fall handelt oder nicht. Das Foto war es, das mir die Sicherheit lieferte, dass dem Unfall ein geplantes Verbrechen zugrunde liegt.«

Korbes grinste. »Sie sind also gar nicht so cool und sicher, wie Sie immer tun, sondern ein erbsenzählender Kleingeist, der sich auf sein Glück verlässt! Alle sagen immer, der Weiland sei zwar ein schräger Vogel, der mit seinen bescheuerten Fragen allen auf die Nerven geht, aber auch einer, der so gut wie jeden Fall löst.«

»Wie auch immer, hätten Sie nicht das Foto verschickt, wäre der Fall schneller zu den Akten gelegt worden, als Sie es erwartet haben.« Korbes war nun plötzlich kurz davor, zu platzen, aber Weiland fuhr fort: »Das war allerdings nicht Ihr einziger Fehler. Sie hätten bei Ihrer Befragung nicht lügen sollen. Den Hinweis auf die TÜV-Plakette hätten sie aufrechterhalten müssen. Es mag sein, dass sich viele in Stresssituationen wie die am Unfallort später nicht mehr sicher sind, was sie gesagt haben. Hier haben Sie aber offensichtlich uns beide falsch eingeschätzt.«

Korbes wirkte nach wie vor stark verärgert, hatte aber auch einen fragenden Blick.

Weiland erklärte: »Eine Erklärung mit Hinweis auf eine schnelle Beendigung der für alle unangenehmen Situation wäre vollkommen verständlich und menschlich gewesen. Stattdessen waren Sie aber nicht in der Lage, einen Fehler eingestehen zu können.« Damit setzte Weiland zur entscheidenden Bemerkung an: »Aber Ihr Bedürfnis, den Fall durch das Foto in eine Richtung lenken zu wollen, und zwar zu einem Zeitpunkt, als die Frage im Vordergrund stand, ob es sich überhaupt um einen Fall handelt, war Ihr schwerwiegendster Fehler. Er ist wohl auf Ihre Verunsicherung zurückzuführen.« Und nun fügte Weiland noch süffisant hinzu: »Darf ich mir nun also doch etwas auf meinen Ruf einbilden?«

Er konnte den Zorn seines Noch-Kollegen förmlich spüren. Dieser schwieg zwar, dafür spannte sich sein Körper bedrohlich an. Noch bevor sich Korbes zu einer Reaktion entschließen konnte, trat Weiland mit gezogener Dienstwaffe auf ihn zu und richtete sie auf seine Brust.

Korbes sah ihm grinsend in die Augen, ohne sich zu bewegen, und sagte langsam: »Mensch, Weiland, die ganze Dienststelle weiß doch, dass sich in deiner Waffe nur Platzpatronen befinden, weil du nicht

den Mumm hast, auf einen Menschen zu schießen.«
Dann lachte er laut auf und warf dabei den Kopf
zurück. Im selben Augenblick schnellte sein linker
Arm nach vorne, um die Waffe wegzudrücken, während sein rechter Arm Schwung für einen Schlag
holte.

Aber Weiland hatte die Situation vorhergesehen,
den Arm rechtzeitig erhoben und die Waffe unmittelbar neben dem Gesicht seines Noch-Kollegen abgefeuert. Die Platzpatrone entfaltete ihre Wirkung.
Der Lichtblitz und die austretenden Partikel sorgten für eine zumindest vorübergehende Blindheit,
während der Knall den Gehörsinn außer Gefecht
setzte und mit ein wenig Glück neben einem Ohrenpfeifen auch noch einen kurzzeitigen Schwindel
erzeugte. Um das Ganze abzurunden, zog Weiland
sein rechtes Knie ruckartig in die Höhe. Nicht, dass
es einer zusätzlichen Absicherung bedurft hätte, aber
für einen Moment hatte er das Bedürfnis verspürt,
sein Timing zu überprüfen.